Chen Chi

陳綺 著

旅行日記

陳綺第十本紀念詩集

序

生命中有許多的願望
已被時間一一遺忘
我們又能藏好多少
最憂傷的等待與奢華的淚滴
聆聽可以找回故事的內在
我們再次出發，還沒想到要去哪裡
沿途茫茫是寫不完的夢想
走不完的旅程，帶不動的思念
詩的陪伴，總是讓我們錯過了
一片滿是人的海灘，甚至一直要去流浪

無法翻越的，不只是想念
還有我們匆匆建構的天堂
我們都沒有變成自己期待的那樣
時間已無情踏遍我們所有的努力
愛情中了魔咒的神話，而我們的靈魂
被迫保持微笑，這樣的結局是否已注定
一生中不曾翻閱的那一頁
都隨夜幕落下……
是不是這世界再也沒有了我們想要的未來
牆角的斑駁，早已習慣這場戰局
我們曾經付出去的或收到的一切
為歸航的心，做為補償

已定的旅行也沒有能力再次反悔
只能不斷地前進
最終的目的已經不太重要
所有的答案仍是殘酷
我們在暮色的倒影中
為了到來，未知的來世
依然盼望著……

二〇一一年

CONTENTS

CONTENTS

卷一 旅行日記

用文字將自己包裹起來、美麗的意境從心跳的夾頁中出發
將模糊的歲月刻劃成、強而有力的詩的刀鋒

分享

——獻給父親二〇一一年四月

此刻
是你該為我驕傲的時候了
我經過了多年的磨練
要與你一起分享
不算自以為的成就
最不饒人的時間是
有你守護的童年

你給我建造的信心
在我受傷的血液裡，不斷奔騰
你未曾忘記，從我的思念中
會找到回家的路
你的生命在我心中
如任何一星光

實現我每一個願望與夢想
如果有一天
就算夢想已節節敗退
就算路更徒了
我依然跟隨著你倉促走遠的身影

十歲記憶

——獻給母親二〇一一年九月

妳一直停留在，我十歲時的記憶
經過那麼多年了
或許妳已輕鬆上路
我最得意，從一出生
到妳離去的十歲那年
妳從不需要為我煩憂

妳的影像，仍然在我的生活中
沒有一丁點，消失的可能
妳的生命，如一場冬天裡的冷雪
讓我時時感受到
一個人，要如何去克服
人生監獄中的一切苦難

請不要擔心，我的愛
還在無岸的河漂泊
因為，妳遠行時的叮囑
我一直銘記在心中
我將過得，更平安且更順暢

我們的相遇

——二〇〇二年二月十九日作
——二〇一〇年九月九日一改

最美的季節
那是我們相遇的季節
我在你雨雪紛飛的愛情方程式裡
再次復活
你第一次，開口對我說話

我們的城市，所有的記憶
極近騰空
我看見自己
在你拘謹的時間，發亮
我們各自的淚水，如此刻骨
你一路走過，我沒有恨意的書寫

我們都習慣了
隨時可以插隊的單行道
我奮力地夢想著
你的愛，以美好的姿態
降臨於我心

位置

——二〇一〇年一月二十日

我們該如何閱讀
想像的記憶
直到我們無須記得
生活中的每一章細節
失序的星光
圍繞著我們的黑夜

讓時間止步
凝聚我們的各奔東西
真相與理想的愛
守候，即將揭曉的答案
無聲的淚寫下我們
每一分鐘，曲折的心境

而我們
在夢境邊緣，正扭開著
充滿愛的城市
試圖尋找
我們可以立足的確切位置

平凡

——二〇一〇年一月三十日

隱約的愛，向世界展示著
甜蜜的字句
我將遵守，你精心安排好的一切
讓年輕的愛，永不再醒來
遺忘是一種，艱難的過程

瓶中的沙，只在乎
潮水漲滿的時刻
謊言與真理
沉默地擦身而過
光陰的列車
等不及花開的季節
但願你能無視於我的落淚

時間的傷痕
在衰敗的苦渡中
又翻過一世
我是為你留存於神話中
唯一的凡人

唯你

——二〇一〇年二月二十四日

如何在現實與夢境中
辨識，屬於我的愛情
我的生命流自，你年輕的傷口
你華麗的天宇，我黑戎的世界
流下的每一滴淚都以碎裂

我不懂得抗辯
時間的迫切及命運的無常
你是我隻身旅程中
不斷追尋的夢
關於生與死，愛與恨
荒敗如衰頹的城

過短的旅行追趕著
無緣擁抱的思念
筆……寫下
唯有我能造訪你內心的距離

默許

——獻給全球受於天災的災民，二〇一〇年八月二十日

夢想就這樣從高處落下
僅存一片的葉
兩旁的洪水，無言地望著天空
風
來到這裡，總是倉促丟棄
孩子們的心願

這樣的歲月，永恆
且一直重覆
美好的未來，被居留於
時間的夾層，冰冷而斷續
我們是雲和天錯置的
一份遺憾

如果
春天可以是一朵，美麗的花
平凡的宙斯，請記住每一張
快樂的臉龐

我的天使

——遠方來信，為紀念第十本書，二〇一〇年七月二十六日

我的天使，妳下凡在
我屏息的世界
妳一次又一次
創造了
人們一再認為的黑暗
這是一個變化反覆的年代

妳內斂又動人的語詞
多變莫測，哀感傷愁的筆觸
保持著，神秘又樸素的心意
我很清楚，我們相識之前
就已注定，有一天
妳的文字，妳的淚水
將會融入於我的生活

而我，也感到慶幸於
我們從讀者與作者
到無所不談的手足情深
如果妳願意，我願做妳
漫無目的的旅途中
無窮無盡的力量

我不知道，妳這一路的旅行
是否已滿足妳的心願
希望妳能永不放棄
且
不畏艱難，無垠無盡地
緊握住每一場，降落於妳身邊的夢

我將永恆地繾戀著，徘徊著
在妳每一次啟程的渡口
與妳一同追憶
我們之間，那不變的風景。

關係

——二〇一〇年三月二十二日

如果你不快樂
如果你為生活上的鎖事
感到疲倦
我會時時伸出溫暖的手
牽引你到回家的路

文字如你
擁我在懷中的希望
淚水如你
深情守候的承諾
我們合寫，童話中的美麗結局

何謂手足情深
在宇宙間，燈光無法瞬逝
就算我們的靈魂
只剩最小最小的一點
我們選擇的緣份
將帶給我們一點，意外的擦身

旅行日記

——二〇一〇年十一月三十日

這是一個沒有選擇的歲月
我從你稀薄的記憶中，甦醒
每一顆自由的星
主宰著我們的愛
我的天堂
是你曾給的期盼

我們的身世，不預備打擾
任何春天的花蕊
每一場流浪的航行中
我目睹你便告失蹤的眷戀
我找不到
你任何有標記的留言

被驚醒的過去，審判
曾經停格的記憶
河流帶著已剎芽的思念
只為了捕捉
進化未完的等候
時間的沸流，佈滿
失序的夢境

隱幽的道路孤寂像
巨大的黑暗
絕望的愛情
無論流亡到哪一年的輪迴
潮汐將會護航著
我們無法負載的命運

流傳

——二〇一〇年十月八日

帶著你送我的陳年舊事
我終於來到
你曾經為我寫下的
塵灰中的旅途
你掌紋中央，握著的是
我剛剛綻放的微笑

我們的世界，遼闊得像
無法思索的每一天
時間拒飛我們的命運
永恆只造訪，夢的河流
請相信我無意撞見
你一連串跳躍的心

雪像你寄託冬寒
帶來的思念
如果，所有的愛情故事
從虛構指向真實
儘管你只是我生活中
擦身而過的斑斑詩句

儘管我們被隔絕在世界之外
我們未完的樂章
在永沒有終點的
等待與絕望中
流傳著，美麗的傳說……

越過絕望

——二〇一〇年三月九日

愛情是如何起源
相念，哪裡又是它的盡頭
思念要從何處登陸
自由出沒的侵略者
淚染的歲月
陷落於厄運的時間裡

命定的偶然，需要新的出口
失去夢想的行囊
已悄悄離開，從擁塞的思念
生生世世的永恆，失落於筆尖
充滿荒蕪的字句
呼喚著，始終沒有彈動的情弦

星子的淚滴，在黑夜的燈下
訴說著，你雪白的心事
悲悽的風吹來，遼闊的傷痕
那遺忘的種子，無論是善是惡
在這星球毀滅之前
我會守著，為你寫的最後一行詩

My Dear

——獻給J，二〇〇八年八月八日作
——二〇一一年四月三十日一改

My Dear
想要禁止你離開我
任憑誰都無法阻擋
我常走失在，你心裡和你夢境裡
不是失去了才會永遠記得
是因為忘不了

My Dear

這世界從不曾為我們改變過
此刻，握在我手中的
只剩冰冷如岩的相思了
為了你，我把遍體鱗傷，刻印在
為你時時的惦掛裡
驚嚇或拒絕，遠方的每一位到訪

My Dear

我有多少歲月，就有多少
始終沒有痊癒的傷痛
你與生俱來的流浪精神
是我永遠無法到達的咫尺
在你的轉身裡
是否藏有，我未乾的淚

My Dear

謝謝你用心聆聽
我舞動的樂章
謝謝你無數次
走過我荒蕪的心田
請你記得，我們約好
在天地的一夕間，做永遠的彼此

寂寞航程

——獻給我年輕的遠航，二〇〇三年一月一日作
——二〇一一年四月二十四日一改

裝著滿滿的希望，夢已起航
無雨的天空指引我
通往你的航向
來到此地，踏上暖暖的春季
你是風我是雲
我們在春暖花開的季節裡浪漫相遇

開始是我的心跳
而後你不定時的回眸
編織一段浪漫愛情故事
站在你面前，滿懷的甜蜜
在我心頭，已擁擠不堪了

請牢牢記住
我是你的最最初
當你出現
我的世界，充滿了希望
感謝天，感謝地
我有幸此生與你相遇

望著你的臉
我一生的憂鬱
將會消失
我含淚微笑靠近你
你記取我目光
我輕敲你心房
你擁護我最初的愛

你終於輕輕牽制我的手
不再猶豫，不再徬徨
真希望你溫暖的手
永不後悔牽著我冰冷的手
我常聆聽你緩緩的腳步聲
憶不起幾次，掠過你身邊

我天天努力走向遠處的你
你是否了解我和你一樣
喜歡在人群中找你尋你
看來我從你繾綣的眼神中
無法掙脫的跡象

日日三次
我願作你身邊
輕盈吹過的微風
深深柔柔地纏繞
望著天空
眼裡閃亮的是你
而你的關懷
在寒風中如此逼近我

有一次我把思慕
偷偷洩露在，談笑聲中
隨後被你發現
你將它成了深情一吻
這是你第一次洞察我
來不及防備的心

今夜你依然出現在我夢中
茫然的眼神頻頻凝視我
去吧！親愛的放心去吧！
有很多你未完成的責任
等待著你去完成

別怨我倆無法廝守終身
請帶走我們的夢想
我將接受你的選擇
我們的寂寞航程未到達終點
你的愛將佔領我的心直到永遠……
而我的愛也將佔領你的心直到永遠……

放逐

——二〇一一年六月六日

為愛情留下遺書
透過心動，透過時間，透過記憶
我們便有了炫目的文字
世界依舊不停在轉動
想念與心碎年代的夢想
在回憶的煉獄裡生還

命運與思想的重量
也依然寬敞舒適
愛與不愛，錯與對
不斷出發，不斷抵達
成長歷程中，每一種微妙的際遇
被詞句一一護航

我在你不經意中
剪下一朵思念
感受那麼一點點
被愛是何等幸福
從一則刻在扉頁上的童話中
我的心，越過你的太陽你的月亮

每一個被撞擊之處
佔滿了等待你擦乾的淚水
淒零的秋天醞釀著別離
我的嚮往……
將在你美麗的劇情裡輪迴

卷二

緣的錯身

我游過一片詩海、將思念與太傻藏在、最堅強的筆觸

緣的錯身

——二〇一〇年八月二十六日

我們之間最濃郁的記憶
已漸漸斑駁
我們緣定三生
讓自己強迫上演
永遠不被牽掛的人

希望，夢想像流星般
措手不及地消失
失守的年華，被放逐於
死亡和永續之間
眼淚負載
傷口如何走向滅亡的過程

一無所有的靈魂
如一場失去方向的歸途
任何真理，只存在
無緣的前世
我們的距離
是愛無法抵達的深谿……

轉世

——二〇一〇年四月四日

書寫……流浪……
夢裡的天空，特別明亮
這時候的靈魂，更接近
天國的繩梯
剝芽的思念在逆旅中追尋
所有離去的季節

時間的虛線沈浮於
我們的傷痛
風……引領我們窺向
每一場故事的細節
上一個璀璨的歲月
向遙遠退去

我們仍舊無法抵達
禁閉的城市
我們的回憶在掌心裡
小心翼翼地勾勒
即將消失的夢
而愛，彷彿悄悄轉世了無數次

愛的亡靈

——二〇一〇年九月十八日

你總是假裝，一切都還沒發生
而我
總是在被指定的那個位置
緊握著，來到此處的夢寐
你代替我空洞的心
扮演我垂散的天幕

也可以輕易駕馭
我無聲落下的淚
我目盲的思念
始終靠向你曲折的岸
啊！困居於黑暗中的
愛的亡靈
你何時將卸下，那厚重的偽裝

一千零一夜

——二〇一〇年九月二十五日

我們已身在
滿是荊棘的愛情事件
你偶然恍然大悟的思念
追逐著我灰色的夢
我們焦灼的步伐
被神話深埋著

我們彼此的回憶
緊緊環扣，未曾改變的情緣
誰會歧視
開錯方向的愛情列車
時間的夢魘
圍繞著我們的長夜

紛紛的落葉，偽裝成
我們存在的每一分鐘
而我們的思念
擴張成
不害怕滅絕的勇氣
飛過……一千零一夜

過往

——二〇一〇年三月三十日

思念自遠方流洩
誰也無法離開
關於生與死
與你相遇是宿命的旨意
相信雨季不斷書寫著
我們的過往

在一場故事的初始
我無聲的求告
留下……帶著傷痕的情節
夢的潮汐，只能永遠接收
千白年如一日的情歌
所有離去的史詩

沒有記載
更年輕時的枝椏
愛情在腐爛的年歲
等待靈魂蒸發

你是永恆

——致我最愛的陌生人，二〇〇七年八月九日作

——二〇一〇年七月六日一改

為你留下
我心中全部的位置
請放心安置，已斟滿的愛
雖然你所看到的我
是你最愛的陌生人

我願做你冰冷的呼吸
在你每一次的夢中，苦守
不願承認的牽絆
雖然對愛而言
你是消失
我是等待

你送我的歲月
早已落下，一地的心碎
我們的擦身，比不過
一個故事的誕生
有一天，我會回到
陽光無法照臨的天際

我將自己的傷痕，埋進
輕薄的過往
眼淚成功為你遮蔽，每一個轉角上的
我的影子
愛，孕育我們
曾經投身的希望

你沉默的夢
無緣逐一點亮
我溫熱的心
上弦的月影，繁衍了
我們的思念
我意義非凡的文字
將與你永不輕離……

存在

——二〇〇二年三月三十日作
——二〇一〇年三月三日一改

故事來不及進行
我們掌中的希望
消失在佈滿星星的海洋
我們起身之四處
延伸到遙遠的天際
我們的歡樂，向不同的方向跌碎

年輕時的陽光
還沒有追上我們
回到眼前的只有我們
不完整的過去
我們將學會保持酣醉於
長長的痛悔和讖言

海風是我們低調的哀傷
我們習慣了關於愛情的謊言
思念如每一朵，花開的過程
飽滿，整個天空和土地
讓我們接近
永無止境的時刻

讓人生的悲劇
繼續上演，已經決定好的一切
我們的諾言
終將迷失於，另一場夢中
回憶在傷口裡等待，故事的結局
句句充滿傷痕的誓言
提醒我們永恆地存在

完美結局

——二〇一〇年十一月五日

我們相逢在一朵花散發的幽香
文字回憶說故事的人生
指往不再到達的明天
愛情像麻木不仁的情節
用隱密的句子
蘊藏著，最深的痛楚

如果，自由是屬於哀傷的風
你便是我此生守候的
最後一個驛站
願永恆的思念照亮著
那悲愴的愛慕
我最初的思念，尋找著
你錯身而過的承諾

從夜裡到星星和浮雲
有一天，你終究將我遺忘
或許下一個陌生的夢境
通向另一個城市
新的季節謊言般來到
時間的布幕
回憶如永無歸宿的等待

不要存疑，死亡和永恆存在於
有溫度的世界
請握緊我掌心，直到我們的距離
不過一步
我們的愛，終究將成為
這世界不可缺少的一部份

我們的故事

——二〇〇三年八月二十六日作
——二〇一一年一月二十日一改

我總是帶你向
你不願前往的旅途
在天荒與地老之後
你將我的名字遺忘在永恆
造物的仁慈早已決定
思念只能存在

語言，文字無法到達的淨地
我們未曾相愛，必然接受
歲月逐漸離去的宿命
我停留在劇情急轉直下
那些憂傷，用我無法企及的速度
遠離我破碎的夢

我的等待，盼望與四處散落的
美好時刻，都已安睡
如果有一種流浪，能夠到達
時間的終點
而愛選擇沉默地座落於
我們不可觸及的遠方

柔弱無助的傷口
一再走過，煉獄與冰山
我們未竟的找尋，戰敗的淚水
墜落於顛簸的命運

唯一的方式

——二〇一一年三月二十四日

愛情的謊言，始終沒有落在
我們背後的黃昏
在這一萬個美好的歸途中
我們是最晚抵達的旅人
有你在的地方
就有我不停留下的眼淚

我不眠的長夜
圍繞著你夢裡夢外的足跡
痴心的黑，蓄意背叛
夢幻那般的夜境
文字無法寫盡
烽火般的思念

季節的齒輪，結構了
歲月的荒涼與蒼茫
一叢叢寒風般飛翔的憂傷
要我慢慢學會接受
你所有的弱點

我的目的，我的方向
都為了你浩瀚的穹蒼，而翱翔
你說，可以傷心但不要絕望
如果累了，痛了
用哭泣的儀式，解救自己

當時間傾倒出
山海位移的明日
我將在你
一點一點的放手中
終……將……凋……零……

在感情尖浪上的我們

——獻給我今生的愛，二〇〇四年三月三日

看見你凝視我的樣子
我就能知道，你有多麼喜歡我
每一次與你相見，總是驚奇與幸運
雖然在一定的時間才能相見

如果對一個人深情感恩
天地都會感動，我相信這句話
我夢裡有你，你生命中有我
所有的理由
將不再是理由

我們默默相守，一步步走向
無法預知的未來
微妙的火花，永恆的星星，日與月
快樂引我們
望向屬於我們的天堂

擁有了相見的每一刻
我們不能希求太多
幾乎每一個星辰
我總是你存在的美夢中甦醒
生命中一路有你的結果
都將無限美好

對你的情，無法只限在一個框框裡
感情的深厚，也無法存放在無邊的黑暗中
把生死不移的情
編織為最美的故事
如果我們今生無緣
至少，我們的相遇如童話般美麗

感恩禮

——致初戀，二〇〇三年二月二十日

人生的舞台，一切如預期的熟悉
曾經盼望等待
現實和未知充滿了挑戰
相信每一個人的心中
都有一道溫暖的曙光

今生與你相遇
或許是我前世的盼望
在這麼大的宇宙
你從沒有等待過我
我等待的並不一定是你

沒有你之前
我試著快樂地活下去
有你之後的日子
我不再遺棄
後悔，憂傷，空寂，封閉的歲月

將有限的時光，栽種在
有你的另一個世界
你待我如四季，永不退場的保證
我們緊握相遇，相識的無限美好
為此，我用文字，要你不遺忘
這遲來的相遇

雖然有一天，注定要面對
生離死別的殘痛
無聲是我送給你的感恩禮
有一個美麗的傳說
就從我們相識起初開始

願能

——二〇一一年五月十一日

不能完美的結局
總是以失敗的樣貌出現
命定的永恆
孤獨地存在著疲憊的歲月
在黑暗的世界，我們的回憶
如安詳的終點

請原諒我的夢想
還不會躲藏
而我的思念時常崩落
但，無人撿拾
我破碎的心願，用多點的速度
仍然激情於你遼闊的愛

你的陸地，你的海洋
應該沒有束縛
請相信我將你的黎明
牢牢握在手心
在你應有的表情裡
我可以行走，也可以失落

我會製造，華麗的冒險
深深的思念，變幻莫測的追逐
我空洞的心胸
可以接受
你輕易想放棄的那份真愛

我把思念藏進
迷宮般疼痛的傷口
等待你
荒唐又微微緊張的愛戀
棲止於
我充滿寂靜的吶喊

停格

——二〇一一年四月二十日

所有美好的未來
運轉在，城市的遠方
而夢想以漂泊的方式
悄悄離開，堅持守候的答案
時間佈滿了點滴回憶

我千千萬萬遍的等待，划過
你憂傷的海
我們的距離，無限制地延宕
持續下著的雨
從燈影的裂縫穿過
我們無法干預，把這些故事
收藏到，原來的地方

然而，這世界
屬於我們的部份，越來越少
多麼年輕的我們
無法殘忍地轉身離去
你的諾言，我的淚水
早已停格在，昔日的眷戀

關切我們的樂章
已幻化成，一絲絲的淚
不能壓抑的思念，無法選擇反航或墜地
我們讓愛歇息吧！
繫也繫不住的緣終究，將為我們留下
陽光般的溫度

情問

——二〇一一年六月十一日

我們心跳的頻率
靜止於一則永恆的童話
愛情在我們晚景的另一端
收拾行囊
關於我們的一切消失在
時光的轉軸

雨季的氣味瞬間踏斷了
我們彼此的依戀
星星與海洋
專心地為天空翻頁
溫熱的沙灘依然沉默地
等海浪歸來

我們在世界的邊緣撿拾
每一個遼闊的字眼
夜色模糊著我們一次又一次
遲來的結局
你盪漾的心，我隱諱的夢境
該如何落腳於
門禁森嚴的憧憬

讀詩人07　PG0652

旅行日記
——陳綺第十本紀念詩集

作　　者　　陳　綺
責任編輯　　林泰宏
圖文排版　　蔡瑋中
封面設計　　陳佩蓉

出版策劃　　釀出版
製作發行　　秀威資訊科技股份有限公司
114 台北市內湖區瑞光路76巷65號1樓
電話：+886-2-2796-3638　傳真：+886-2-2796-1377
服務信箱：service@showwe.com.tw
http://www.showwe.com.tw
郵政劃撥　　19563868　戶名：秀威資訊科技股份有限公司
展售門市　　國家書店【松江門市】
104 台北市中山區松江路209號1樓
電話：+886-2-2518-0207　傳真：+886-2-2518-0778
網路訂購　　秀威網路書店：http://www.bodbooks.com.tw
國家網路書店：http://www.govbooks.com.tw
法律顧問　　毛國樑　律師
總 經 銷　　聯合發行股份有限公司
231新北市新店區寶橋路235巷6弄6號4F
電話：+886-2-2917-8022　傳真：+886-2-2915-6275

出版日期　　2011年10月　BOD一版
定　　價　　200元

國家圖書館出版品預行編目

旅行日記：陳綺第十本紀念詩集 / 陳綺著. -- 一版. -- 臺北市：釀出版, 2011.10
面； 公分. --（讀詩人 ; PG0652）
BOD版
ISBN 978-986-6095-52-8（平裝）

851.486 100018742

讀者回函卡

感謝您購買本書，為提升服務品質，請填妥以下資料，將讀者回函卡直接寄回或傳真本公司，收到您的寶貴意見後，我們會收藏記錄及檢討，謝謝！
如您需要了解本公司最新出版書目、購書優惠或企劃活動，歡迎您上網查詢或下載相關資料：http:// www.showwe.com.tw

您購買的書名：________________________________

出生日期：________年________月________日

學歷：□高中（含）以下　□大專　□研究所（含）以上

職業：□製造業　□金融業　□資訊業　□軍警　□傳播業　□自由業
　　　□服務業　□公務員　□教職　□學生　□家管　□其它_____

購書地點：□網路書店　□實體書店　□書展　□郵購　□贈閱　□其他

您從何得知本書的消息？

□網路書店　□實體書店　□網路搜尋　□電子報　□書訊　□雜誌
□傳播媒體　□親友推薦　□網站推薦　□部落格　□其他__________

您對本書的評價：（請填代號　1.非常滿意　2.滿意　3.尚可　4.再改進）

封面設計____　版面編排____　內容____　文／譯筆____　價格____

讀完書後您覺得：

□很有收穫　□有收穫　□收穫不多　□沒收穫

對我們的建議：________________________________

____

____

____

請貼
郵票

11466
台北市內湖區瑞光路 76 巷 65 號 1 樓
秀威資訊科技股份有限公司 收
BOD 數位出版事業部

（請沿線對折寄回，謝謝！）

姓　　名：________________ 年齡：________ 性別：□女　□男

郵遞區號：□□□□□

地　　址：________________________________

聯絡電話：(日) ________________ (夜) ________________

E-mail：________________________________